AF363657

SATIRE

DES

ROMANS DU JOUR,

Considérés dans leur influence sur le goût et les mœurs de la Nation ;

Pièce couronnée par l'Athénée de Lyon, qui en a proposé le sujet.

Par Ch. MILLEVOYE.

PARIS,

Capelle libraire, rue J. J. Rousseau, en face de la Poste.

AN XI — 1802.

SATIRE

DES

ROMANS DU JOUR.

SATIRE

DES

ROMANS DU JOUR,

*Considérés dans leur influence sur le goût et
les mœurs de la nation.*

Je respire : à la fin , j'ai chassé mon libraire ,
A ses soins fatigans je devais ce salaire ;
Ma bile avait besoin de s'épancher sur lui.
Depuis assez long-temps, ce colporteur d'ennui ;
De ses romans du jour coup sur coup m'assassine ;
Non, je ne lirai plus que Molière et Racine.
C'en est trop , je suis las de ces tristes récits ,
Gigantesques enfans de cerveaux rétrécis ;
Loin de moi ces cachots , ces lampes sépulcrales ,
Ces spectres échappés des rives infernales ,
Et ces châteaux affreux , noir séjour de la mort ,
Avec leur tour de l'*Est* , ou du *Sud* , ou du *Nord* !
Je hais tous ces romans , dont la lecture aride
Dessèche mon esprit et laisse mon cœur vide.

Autrefois Don Quichotte et ses nobles travers
Egayaient mes loisirs , au sein des longs hivers ;
J'y puisais en riant des leçons importantes.
Que ne peux-tu revivre , ingénieux Cervantes ?
Oh ! combien tu rirais de nos romans nouveaux ,
Et de nos écrivains , plus fous que ton héros !
Comme l'on te verrait , dans tes malignes pages ,
Fronder le sot orgueil de ces chétifs ouvrages !
Et, comme ton curé , frémissant de courroux ,
Soudain au feu vengeur les condamnerait tous !

Et toi, conteur brillant, peintre aimable et fidèle ,
Arioste ! reviens nous servir de modèle.
Vif et souple écrivain, doux tourment des lecteurs ,
Fantastique habitant du pays des erreurs ;
Le croiras-tu ? *le Moine* et *la Nonne sanglante* ,
Font oublier Roland , Roger et Bradamante.
Des portraits monstrueux ou de maigres pastels
Remplacent aujourd'hui tes tableaux immortels.
L'*Esprit* a rabaissé le vol de la pensée ;
Les Beaux-Arts sont en deuil ; et triste et délaissée,
La Gloire, gémissant sur ses lauriers flétris ,
Contemple avec douleur ses fastes appauvris.
Le Dieu des vers lui-même a perdu son délire,
Un murmure plaintif vient errer sur sa lyre,
Il soupire , il languit, méconnu des mortels ,
Le feu sacré s'éteint sur ses derniers autels.
Un nouvel ennemi menace sa puissance;
Du noir roman , le drame a reçu la naissance;

Il vient , les yeux hagards, le bras ensanglanté,
Et son père lui-même en est épouvanté.
Par ce monstre aujourd'hui la scène est investie ,
Il fait fuir Melpomène et larmoyer Thalie ,
Veut régner en despote , et , du même poignard ,
Immole le bon goût et la raison et l'art.
Ses infernales sœurs , les noires pantomimes ,
O Racine ! ont proscrit tes ouvrages sublimes :
Il faut parler aux yeux , et tu parlais au cœur.
Le théâtre n'est plus qu'un triste champ d'horreur.
Dramaturges fameux , poursuivez ! que nos belles
Viennent s'évanouir à vos pièces nouvelles.
Faites, comme Schekspire , avec un art divin ,
Trébucher sur la scène un héros pris de vin ;
Et placez , comme lui , dans vos drames célèbres
De grossiers fossoyeurs , mauvais plaisans funèbres:
Ainsi l'on vous verra , copistes effrontés ,
Imiter les défauts , sans saisir les beautés.

Plus funestes encor, des romans condamnables ,
Osent mêler l'histoire avec d'absurdes fables ,
Et d'un nom respecté révélant des erreurs ,
Abusent aisément les vulgaires lecteurs.
Par eux, tout se confond. Leurs ligues mensongères
Changent les lieux, les tems , les mœurs, les caractères.
Portent à l'avenir des traits défigurés ,
Flétrissent sans pudeur les noms les plus sacrés ;
Du siècle qui n'est plus compromettent la gloire.....
Eh ! n'est-ce point assez des fautes de l'histoire ,

Sans que d'autres romans, avec impunité,
Aillent mentir pour elle à la postérité !

PEINDRAI-JE des romans plus vils , plus exécrables ?
Faudra-t-il d'Augias nettoyer les étables
Quel dégoûtant ramas de lubriques fureurs,
Raffinement affreux de tranquilles horreurs !
Quel écrivain sans mœurs, sans honneur et sans honte,
Quel monstre a pu tirer des bourbiers d'Amathonte
Ces tableaux révoltans, hideux d'impureté,
Et qui feraient haïr jusqu'à la volupté !
Qui peut voir, sans frémir , la brutale licence
Profaner dans sa fleur la timide innocence,
Le vice prospérer, la vertu dans les pleurs
Se débattre et tomber sous le poids des malheurs?...
Désigner cet écrit, c'est peindre tous les crimes......
Muse ! efface son nom, il souilleroit mes rimes.

Moins obscène , Faublas n'est que plus dangereux,
Son style est séduisant, ses effets sont affreux.
Linval , simple et timide, heureux, mais sans ivresse ,
Echappant à l'enfance, attendait la jeunesse;
Aucun desir encor ne troubloit son sommeil ,
Aucun songe brûlant ne hâtait son réveil ;
Sa vie était tranquille et son ame était pure ,
Un jour a tout détruit. La perfide lecture
De ce livre chargé de portraits odieux,
A déchiré le voile épaissi sur ses yeux.

Déjà l'adolescent ; qu'un feu secret dévore,
Cherche , devine, apprend et veut apprendre encore.
Un héros jeune , aimable, heureux, indépendant ,
Le séduit , et bientôt le lecteur imprudent
S'attache à ses destins et le choisit pour maître ,
Il quitte d'un œil sec les lieux qui l'ont vu naître ,
Lieux si chers , et pour lui désormais sans douceurs ,
Son père déjà vieux , ses innocentes sœurs ,
Sa mère qui gémit : elle en mourra..... n'importe !
Rien ne peut l'arrêter , et son malheur l'emporte ,
Il part. Heureux encor , si ses vœux criminels
N'ont déjà convoité les trésors paternels !
Heureux , si, de ses mains au crime moins novices ,
Il ne les ravit point pour en nourrir ses vices ,
Et s'il n'a point encor follement dispersé
Cet or laborieux, avec peine amassé.
Quand son cœur, détrompé d'une erreur qui l'enchante ,
Sentira du remords la pointe déchirante,
Quand il sera réduit , dans l'horreur de son sort,
A demander au ciel le bienfait de la mort ,
Alors , sous les lambeaux qui couvrent la misère ,
Il se ressouviendra qu'il eut jadis un père,
Il reviendra chercher ses parens malheureux !....
Mais trop tard ; le tombeau sera fermé sur eux !

Telle est de ces écrits l'impression funeste.
O mère ! arrache-les à ta fille modeste ;
Cours , hâte-toi, peut-être il n'est déjà plus tems.
Depuis que Célimène adore les romans ,

Tout en elle est changé. Distraite, embarrassée,
Célimène n'a plus qu'une seule pensée ;
Son maintien la trahit ; ses yeux, chargés d'amour,
S'entr'ouvrent avec peine à la clarté du jour.
Quelquefois, sans sujet, elle verse des larmes,
Un feu secret flétrit et dévore ses charmes :
La fraîcheur, l'enjouement, l'heureuse aménité
Qui voile la laideur et pare la beauté,
Tout est perdu pour elle. En désordre, égarée,
De desir palpitante et d'amour altérée,
Elle rêve un amant, elle appelle un vainqueur !.
Qu'un séducteur alors, épiant sa langueur,
S'offre à ses yeux, paré des grâces du jeune âge,
Qu'une feinte candeur colore son langage,
Qu'il flatte habilement son erreur et son goût,
Son cœur attend l'amour, l'amour obtiendra tout.
Déjà le repentir a suivi la faiblesse ;
Après l'avoir séduite, un ingrat la délaisse......
Peut-être, on la verra, dans un réduit obscur,
De nos Phrynés un jour grossir le nombre impur,
Des temples de Vénus dangereuse prêtresse,
Changer, en calculant le prix d'une caresse,
Le plaisir en trafic et l'amour en métier,
Et vendre le remords à qui veut le payer.
Peut-être méditant l'horreur d'un suicide,
Elle gagne à pas lents une rive homicide,
Frissonne, mais s'armant d'un courage nouveau,
Prend la mort pour réfuge et l'onde pour tombeau.

De ces égaremens trop coupables ministres ,
Qui ne vous maudirait à ces tableaux sinistres ?
Vous avez , corrompant nos esprits et nos cœurs ,
Sappé les fondemens de l'empire des mœurs ;
Vous marchez entourés des vices et du crime ,
Et chacun de vos pas rencontre une victime.
O vous, nos bons aïeux ! vous n'aviez point nos goûts ,
Et vos plaisirs plus purs étaient aussi plus doux !
Un sage, à ses enfans, dans vos longues soirées,
Lisait du Livre Saint les pages révérées,
Mêlait quelques leçons à ces pieux récits ,
Des vertus de son père entretenait ses fils.
Sa fille à ses côtés , d'une voix douce et pure ,
Achevait quelquefois la touchante lecture.
Oh ! comme , en l'écoutant, le cœur est suspendu !
On dirait que sa bouche embellit la vertu.
De grâce et de pudeur rare et parfait modèle ,
Elle est simple , ingénue et sage autant que belle ,
Et , lorsque son cœur bat pour la première fois,
La raison est toujours d'accord avec son choix.
Un penchant vertueux se montre sans mystère ,
Elle voit son amant sous les yeux de son père :
Le ciel bénit leurs feux, et l'hymen à son tour
Vient serrer les doux nœuds qu'a commencés l'amour.

De nos jours ces vertus ne sont qu'un ridicule ,
Les devoirs les plus saints s'immolent sans scrupule.
Ce jeune enfant.... il souffre, on ne plaint point son mal ;
Il appelle sa mère..... et sa mère est au bal :

Mère ! elle ne l'est plus. Voluptueuse , ardente ,
Voyez-la toute entière à la walse enivrante ,
Sous les yeux d'un époux , qui feint de ne rien voir ,
Savourer l'avant-goût des plaisirs du boudoir.
Par-tout vice , folie , impudeur et scandale.
Pourquoi donc , aveuglés par une erreur fatale ,
Ces deux époux, hier l'un de l'autre adorés ,
Brisent-ils aujourd'hui les nœuds les plus sacrés ;
Osent-ils , outrageant l'amour et la nature ,
Sous le nom du divorce invoquer le parjure ?
Et tous les orphelins , au mépris condamnés ,
Expiant dans les pleurs le crime d'être nés !....
Je sens sur ces objets de tristesse et d'alarmes ,
S'arrêter mes pinceaux , détrempés de mes larmes.

Voyez et répondez , écrivains malheureux !
Quel délire a dicté vos romans désastreux ?
Quel démon vous a dit : « Ecris , écris sans cesse ,
» Fatigue l'imprimeur et fais gémir la presse ,
» Ne te repose point , entasse à tous momens
» Sottise sur sottise et romans sur romans ;
» Assouvis sans pitié la fureur qui t'anime ,
» Et choisis la vertu pour première victime .....»
Ma verve , à ce penser , s'allume de courroux.
Pour vous justifier , que m'alléguerez-vous ?
Le besoin. L'assassin , monstre en horreur au monde,
Le voleur qui m'attend dans la forêt profonde ,
Doivent donc , comme vous , trouver grâce à nos yeux ?
Non , il faut les absoudre , ou vous punir comme eux.

Mais vous, jeunes auteurs, qu'un plus beau zèle enflâme,
Enfans abandonnés, que le bon goût réclame,
Si, plein d'un noble espoir, votre cœur s'est flatté
De fixer les regards de la postérité ;
Si de créer enfin le besoin vous consume,
Que de sujets plus beaux appellent votre plume !
Chantez les vrais plaisirs, la loyauté, les mœurs,
L'amour et l'amitié, doux besoin de nos cœurs ;
Que l'humanité sainte en vos écrits respire.
A de vastes travaux, si votre orgueil aspire,
Consacrez des héros les belles actions ;
Retracez à grands traits les maux des passions.
Par des portraits frappans faites rougir le vice ;
De lui-même effrayé, que le crime pâlisse.
Je veux que votre ouvrage utile, avec douceur,
Conserve du roman la forme et la couleur :
Un bon roman vaut mieux qu'un traité de morale ;
De l'homme à l'écrivain rapprochant l'intervalle,
Il frappe tous les yeux, il parle à tous les cœurs ;
Chacun y reconnaît ses penchans et ses mœurs.
La leçon, plus aimable et bien mieux retenue,
Dans le cœur attendri doucement s'insinue ;
Sur un récit touchant on aime à revenir,
Et sa lecture en nous laisse un long souvenir.
De *Paul et Virginie*, en traçant la peinture,
Bernardin est encor peintre de la nature.
Quel ton de vérité ! quel sentiment profond !
Avec l'ame de Paul mon ame se confond.

'Ange de la pudeur, je crois voir Virginie
Remonter vers les cieux, sa première patrie.
Tout est simple, attachant; rien d'outré, rien de faux:
Dans leur grandeur modeste imitez ces tableaux.
Peut-être un Aristarque, injuste et despotique,
Accordera la palme à l'auteur emphatique,
Qui dans ses vains écrits, toujours vides de sens,
Fesant choquer entr'eux des mots retentissans ;
Exhale à chaque page, en prose boursouflée,
Le magnifique ennui de sa verve ampoulée.
Bravez de tels censeurs : leur plaire est un défaut;
Qui n'écrit que pour eux, leur ressemble bientôt.
Qu'importent leurs arrêts et leur vaine ironie ?
La critique des sots est l'encens du génie.

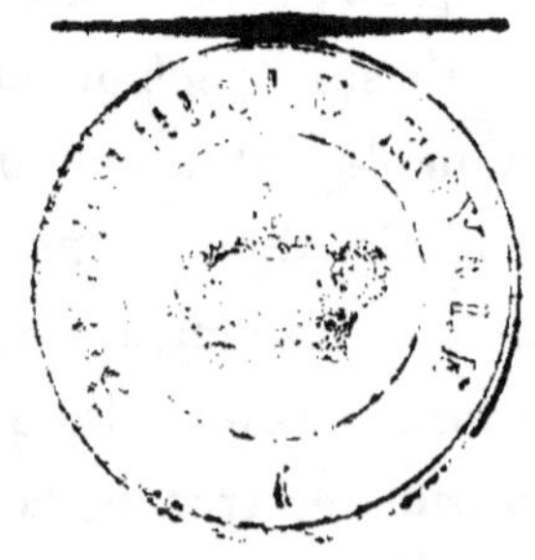

NOTES.

Loin de moi ces cachots, ees lampes sépulcrales !

Iʟ eût été trop long et trop rebutant de faire l'énumération de ces tristes romans, qui se ressemblent tous, et qui tous ne ressemblent à rien. Nous ne citerons pas le *Moine* , les *Mystères d'Udolphe*, *Hubert de Sevrac*, l'*Abbaye de Grasville* et autres de cette force ; nous renverrons le lecteur aux catalogues de quelques-uns de nos libraires. Au reste, rien n'est plus aisé à concevoir et à exécuter qu'un pareil ouvrage ; il n'exige ni talent, ni goût, ni esprit, ni imagination. Il suffit d'amonceler sans ordre et sans choix des aventures incroyables, des idées bizarres et incohérentes, de revêtir tout cela d'un style extravagant, sur-tout de choisir à son livre un titre bien ambigu, qui promette tout, sans rien tenir ; on est sûr de trouver un libraire assez sot pour l'acheter, et des lecteurs encore plus sots pour le lire, et voilà un roman nouveau.

Les romans de ce genre ne sont pas précisément de ceux qui gâtent le cœur, mais du moins est-il vrai qu'ils sont bien susceptibles de gâter l'esprit ; ils font, sur les personnes *raisonnables*, les mêmes effets que font sur les enfans, les histoires de revenans et les contes des Fées. Les romans anglais ont été fort à la mode ; nos jolies femmes avaient sur leur toilette de ces écrits ennuyeux et lugubres, comme elles auraient eu Parny, Boufflers et Gentil Bernard. Nous avons été long - tems inondés d'une foule de monstrueuses productions qu'Anne Radcliffe enfantait dans un sombre délire. Elle n'est plus ; puisse-t-elle avoir emporté son génie dans la tombe !

Autrefois Don Quichotte et ses nobles travers,
Egayaient mes loisirs au sein des longs hivers.

Cᴇ roman est, sans contredit, la meilleure critique qui ait été faite des romans. Son mérite doit être considéré sous le double rapport de la littérature et de la philosophie. On s'amuse, on s'instruit avec le romanesque Don Quichotte, toujours fou dans ses actions et sage dans ses discours. Il n'est pas jusqu'aux éternels proverbes du bon homme Sancho, qui n'aient aussi par fois un sens très-profond. Enfin, le but de cet ouvrage est de guérir des folies d'une imagination exaltée. Les romans nouveaux de spectres, de revenans, ne font-ils pas précisément l'effet contraire?

> *Et toi, conteur brillant, peintre aimable et fidèle,*
> *Arioste, reviens nous servir de modèle !*

Aucun écrivain ne fut peut-être doué d'une imagination plus brillante, d'un talent plus souple ; il possède l'art de conduire au but par des chemins détournés, mais toujours couverts de fleurs, et d'amener le lecteur, doucement et sans qu'il s'en aperçoive, où il desirait le faire venir. Sa course paraît irrégulière, et cependant ne l'est pas. L'art le dirige, et on dirait qu'il se laisse aller au hasard. Pour puiser une comparaison dans son propre ouvrage, c'est l'hyppogriphe qui s'élance avec légèreté dans les plaines de l'air, et qui, par la souplesse et la grâce de ses mouvemens, semble bondir en liberté lorsqu'il obéit à la main qui le guide. Voltaire seul a saisi quelques instans la manière de l'Arioste dans la *Pucelle*, encore ne l'a-t-il pas toujours égalé. Le desir, ou plutôt le besoin d'être sardonique, a souvent rabaissé son vol vers la terre, tandis qu'Arioste planait indépendant dans les espaces imaginaires, et se promenait avec délices dans le riant pays des illusions.

> *L'esprit a rabaissé le vol de la pensée.*

Il semble que l'art qui, jusqu'à Racine, avait été toujours croissant, une fois parvenu à ce degré d'élévation, ait été forcé de redescendre. Le siècle qui suivit le grand siècle, sembla déjà s'écarter de cette noble simplicité qui sert d'empreinte au génie ; dès-lors l'esprit entra en possession des genres, où il ne peut qu'être nuisible. Sans chercher à rien ôter au mérite dramatique de Voltaire, on ne peut se dissimuler que généralement il n'a point égalé Racine. Plus brillant que lui, mais moins vrai, il fait souvent avec l'esprit, ce que l'autre fesait avec le cœur. Les romans spirituels étaient aussi plus à la mode, que dans le siècle précédent. Depuis Voltaire, cette branche parasite de la littérature s'étendit encore et épuisa de plus en plus la sève du génie.

Le genre outré, genre trop commun dans les écrits du jour, provient visiblement du goût exclusif pour les romans nouveaux. L'imagination,

accoutumée aux situations bizarres et hors de nature, prend de la simplicité pour de la faiblesse. Au théâtre, le spectateur accoutumé à de *grands
effets*, les cherche sans cesse, et préfère un style ambitieux et vain, à
cette qualité inappréciable à laquelle, parmi nous, un littérateur instruit
et trop connu, a donné le nom de *pudeur de style*. Racine lui-même a
pu paraître timide à leurs yeux. Peut-être ne trouvent-ils pas dans ses pièces
assez de *mouvement théâtral* ; peut-être seraient-ils de l'avis de cet igno-
rant, qui voulait que dans Phèdre on mît en action le récit de Théramène.

Du noir roman le drame a reçu la naissance.

Le drame est d'une classe hétérogène dans l'art dramatique ; il tient de
la comédie, sans avoir son aimable enjouement, et de la tragédie, sans
en avoir la pompe et la majesté. Ce n'est guères qu'un roman, plus ou
moins intéressant, mis en action : il peut beaucoup influer sur l'une et
l'autre scène, en ramenant dans la comédie le genre larmoyant, et dans
la tragédie, les fastidieuses déclamations, les reconnaissances romanes-
ques, etc.

Plus funestes encor, des romans condamnables
Osent mêler l'histoire avec d'absurdes fables.

Les romans *historiques* du jour. Jamais titre ne fut plus usurpé que
celui-ci. Existe-t-il un ouvrage plus *anti-historique*, que celui qui s'efforce
de donner à ses mensonges l'air de la vérité, sur des sujets où souvent est
attaché le sort des familles, et qui trouble ainsi, sans pitié, le repos des
vivans et la mémoire des morts ? Nous pourrions en citer plusieurs, où
l'on mêle à des vérités terribles, les plus puériles fictions. Fussent-ils
fidèlement représentés, ces tableaux sont trop près de nous ; il n'est pas
encore tems de nous les offrir. L'histoire elle-même ne doit encore que
les recueillir, et laisser reposer son burin. Quant aux romanciers qui n'ont
eu que le faible mérite de le gagner de vitesse, qu'ils se souviennent qu'en
croyant ajouter à l'intérêt par des ornemens étrangers, ils le détruisent. On
ne s'attache plus que faiblement à une narration qui ne paraît ni vraie, ni
vraisemblable ; tandis qu'un récit simple et nu de ces grands événemens,
laissera dans l'ame une trace profonde.

Peindrai-je des romans plus vils, plus exécrables ?
Faudra-t-il d'Augias nétoyer les étables ?

Il existe plusieurs classes parmi ces dégoûtantes productions. La première
et la plus odieuse, est celle de ces romans qui sont devenus, pour ainsi
dire, les *Livres élémentaires de la débauche.* Après avoir nommé *Jus-*
tine, on peut se dispenser de nommer tous les autres. Cet abominable
ouvrage s'est fait une sorte de réputation, comme Cartouche s'en est fait
une. Ce n'est pas seulement une série d'aventures révoltantes, mais encore
un traité complet du vice crapuleux, du crime atroce et réfléchi. Le second
titre indique assez le but de l'auteur : *les Malheurs de la Vertu !* On
devine la preuve affreuse qu'il en veut tirer. L'honnête homme qui a
commencé à parcourir ce livre, le jette bientôt loin de lui avec horreur,
et le libertin lui-même est forcé d'en détourner la vue.

La seconde classe de romans dangereux, renferme ceux qui, sans avoir
les intentions perfides du précédent, se bornent à offrir des tableaux licen-
cieux et obscènes, sans aucun voile, sans aucune retenue. Ils allument
l'imagination, déjà si inflammable du jeune homme, qui s'abandonne au
torrent des passions avec toute l'impétuosité de son âge.

Dans la troisième classe, on peut comprendre ces romans moins per-
nicieux en apparence, mais en effet plus séduisans et plus à craindre, où
l'auteur met tout son art à cacher le précipice et y entraîne lorsqu'on ne
s'en défie pas. Ces sortes d'ouvrages attisent bien davantage les desirs du
jeune homme, en ne lui offrant les tableaux de la séduction, qu'à travers
une gaze, que s'ils les lui offraient entièrement nus. Ils sont par-là bien
plus à craindre que ceux qui, dans leur obscénité, conservent du moins
une sorte de franchise ; comme les épigrammes de Piron, sont moins
dangereuses que les contes de Lafontaine.

Peut-être on la verra, dans un réduit obscur,
Un jour, de nos Phrynés, grossir le nombre impur.

Ce serait une chose curieuse et utile d'apprendre, par un récit fidèle,
les motifs qui ont porté la plupart de ces malheureuses victimes de la
débauche, à prendre ce parti avilissant. Il est presque sûr que les vices
attribués en elles à un mauvais naturel, ne sont souvent que l'effet de lec-
tures pernicieuses, faites dans un âge tendre, et du peu de soin que les

párens ont pris d'en arrêter les progrès funestes. Telle femme perdue, peut-être, sans l'influence des mauvais livres, eût été fidelle épouse et bonne mère de famille. Mais une première erreur l'a fait tomber d'abîme en abîme, jusques dans le dernier gouffre du vice.

> *Peut-être méditant l'horreur d'un suicide,*
> *Elle gagne à pas lents une rive homicide.*

COMBIEN voyons-nous chaque jour de jeunes infortunées, pour qui, selon l'heureuse expression d'un de nos poètes satiriques (*), *le Pont-Neuf devient le rocher de Leucate !* Qui a pu les exciter à quitter volontairement la vie, dans l'âge d'en jouir ? Ne serait-ce point que leur imagination, frappée de l'exemple de quelque héros de roman, placée dans une situation à-peu-près semblable à la leur, aura adopté leur délire et voulu mourir comme eux d'un trépas héroïque ? A l'aspect de cette mode barbare de se détruire (car à Paris tout devient mode, jusqu'aux choses qui révoltent la nature), on n'a pas le tems de réfléchir, on frémit.

> *Pour vous justifier, que m'alléguerez-vous ?*
> *Le besoin ?* . . . . . .

IL vaut mieux, sans contredit, exercer un art, même un métier, utile à la société, que de lui être nuisible par ses écrits : *Soyez plutôt maçon.* Le besoin est un des puissans véhicules de nos libellistes et de nos petits romanciers ; la plupart écrivent avant de savoir lire : c'est une chose vraiment plaisante de parcourir leurs manuscrits, chargés de fautes de français, de locutions triviales, et habituelles sans doute à l'écrivain, et enfin de fautes d'orthographe ! N'importe, on met tout cela sur le compte de l'imprimeur.

> *Un bon roman vaut mieux qu'un traité de morale.*

LA morale, présentée sèchement, ennuie ; le roman, s'il est intéressant et bien conduit, ne manque jamais d'amuser. Comme on l'a dit tant de fois d'après le Tasse : *Il faut emmieller les bords du vase à l'enfant malade ;* et comme les hommes sont presque tous de grands enfans, il faut donc se

---

(*) Joseph Despaze, auteur des *Cinq satires.*

servir avec eux d'un pareil moyen. Rien n'est plus difficile à réunir que les
qualités qui constituent un bon roman. Ceux de Fielding, de Richardson,
et parmi nous, de le Sage, de l'abbé Prévost, celui de J. J. Rousseau lui-
même, quoiqu'en général admirables par l'invention, les caractères, la
conduite et l'éloquence, ont pourtant aussi leur partie, sinon faible, du
moins dangereuse. J'ouvre Clarisse ; je lis, je suis entraîné ; le personnage
de Clarisse est sublime ; mais celui de Lovelace, si bien tracé, est mal-
heureusement trop aimable : il faut, malgré soi, s'intéresser à lui. Ce
livre, pour une Clarisse, a fait peut-être vingt Lovelaces.

Venons à la *Nouvelle Héloïse*. Quel feu ! quelle ame ! quel tableau vrai
des passions : mais aussi, que d'art ! que de dangers ! Quel est le jeune
homme qui, ayant lu avidement cet ouvrage, ne brûle d'être le St. Preux
d'une autre Julie, dût-il, comme lui, violer les nœuds de l'hospitalité, abuser
de la confiance d'un homme respectable, égarer enfin une femme céleste et
trop sensible ! Quelle est la jeune personne qui, après avoir dévoré les
lettres brûlantes des deux amans, ne soit prête à imiter Julie, dans ses fai-
blesses et non dans ses vertus ? La *Nouvelle Héloïse* est un livre d'autant
plus dangereux, qu'il paraît l'être moins ; l'image de la vertu y remplace la
vertu même, lorsque celle-ci a disparu : ses craintes de succomber, ses ré-
solutions, ses combats, ses remords, rien n'est oublié ; la chûte est tellement
préparée, qu'elle se fait sans qu'on s'en aperçoive : et voilà où est, pour
l'inexpérience, le danger de cette lecture.

De Paul et Virginie, en traçant la peinture,
Bernardin est encor peintre de la nature.

Nous citons, avec plaisir, ce roman, qui réunit aux charmes du style,
une touchante simplicité dans l'action, une grande vérité dans les caractères
et dans les couleurs locales. Nous aurions pu parler ici de plusieurs autres
romans estimables, qui nous réconcilient avec ce genre d'écrire, et sur-tout
consigner le nom de plus d'une femme aimable et spirituelle, qui fait passer
dans ses ouvrages les grâces et la sensibilité de son sexe ; laissons ce soin à
une plume connue, et bornons-nous à rendre hommage aux écrivains amis
du goût et des mœurs, qui ont su échapper au commun naufrage, mais
qui, par malheur, sont en trop petit nombre :

Apparent rari nantes in gurgite vasto.